SACRAMENTO PUBLIC LIBRARY
828 "I" STREET
SACRAMENTO, CA 95814
12/2012

El fandango de Lola

Barefoot Books
2067 Massachusetts Ave, Cambridge, MA 02140, USA

Derechos de autor del texto © 2010 de Anna Witte
Derechos de autor de las ilustraciones © 2010 de Micha Archer
Se han afirmado los derechos morales de Anna Witte y
Micha Archer
Música por Brian Amador, Greñudo Music (BMI)
Narrado por la familia Amador
Grabado y producido por Amador Bilingual Voiceovers,
Cambridge, MA, EUA
Publicado por primera vez en Estados Unidos de
América en 2011 por Barefoot Books, Inc
Esta primera edición en pasta blanda, publicada por
primera vez en 2011. Todos los derechos reservados
Diseño gráfico por Ryan Scheife, Mayfly Design
Separacion de colores por B & P International, Hong Kong
Impreso y encuadernado en China en papel 100 por ciento
libre de ácido por Printplus Ltd

La composición tipográfica de este libro se hizo en Dalliance,
Mrs Eaves y Kingdom
Las ilustraciones se realizaron con collage

ISBN 978-1-84686-359-2

Información de la catalogación de la Biblioteca del Congreso
puede encontrarse en LCCN 2011006904

3 5 7 9 8 6 4 2

El fandango de Lola

escrito por **Anna Witte**   ilustrado por **Micha Archer**   narrado por **la familia Amador**

Barefoot Books
Step inside a story

Lola vive con su familia en un pequeño apartamento
de un edificio que se llama El Parque. El edificio está
en medio de la ciudad. No hay parque. Pero sí hay mucho tráfico.
¡Piiiiiiiii!, hacen los coches. *¡Piiiiiiiii!*

Lola tiene una hermana mayor que se llama Clementina.
Lola piensa que *Cle-men-ti-na* suena mucho mejor que *Lo-la*.
Clementina es más alta que Lola.

Y su trenza es más larga que el brazo de Lola.

—¡Qué pelo tan bonito tienes! —dice Lola.
—Cuando seas mayor, tendrás
el cabello igual de bonito —dice Clementina.
Lola se mira en el espejo. Su pelo es tan áspero como el de un *terrier*.

Clementina pinta muy bien. El otro día pintó
un gato tan perfecto que hasta se lamió la patita
cuando ella terminó de pintarlo.
—¡Qué talentosa es nuestra Clementina! —dice Papi.
Mami asiente.
Lola mira su dibujo. Su camello parece una ballena.

Clementina tiene muchas amiguitas.
Llevan vestidos de volantes y
comen helado en la cocina.
Luego todas van al cuarto
de Clementina y cierran la puerta.

—Déjenme entrar—dice Lola,
y llama a la puerta.
—No puedes—contesta
Clementina—. Cuando seas mayor,
tendrás tu propio cuarto.
—No es justo—dice Lola.
Se esconde en el clóset,
en el cuarto de Mami y Papi.

El clóset huele al perfume de Mami.
Hay muchas cajas detrás de los
abrigos, en los rincones oscuros.
Lola abre la primera caja. Ropa
de invierno. *¡Uy!* ¡Apesta a alcanfor!

Lola abre la segunda caja.
¡Cuántas cartas! Lola
reconoce la letra diminuta de su
abuelita.

—Ay, abuelita—dice—.
¡Cuánto te extraño!

La tercera caja tiene una tapa roja
con letras doradas. Parece cara.
Lola quita la tapa con cuidado.

¡Un par de zapatos! Son de tacón
y hacen *toc toc toc* en el piso de madera,
toc toc por el pasillo,
toc toc en la cocina.
Mami está sentada junto
a la máquina de coser.
La máquina hace *tictictictic...tictictictic.*

—Mami, ¿por qué no te pones nunca estos zapatos?

—Pon esos zapatos donde los encontraste, Lola—dice Mami—.
Esos zapatos son para bailar, no para caminar, Lola.

—¿Para bailar? ¿Bailar qué?—pregunta Lola.

—Para bailar flamenco—dice Mami.

—¿Flamingo?

—Flamenco. Se baila en España.

—¿Clementina sabe bailar flamenco?—pregunta Lola.

—No—dice Mami—. Y ahora guarda esos zapatos.

—Papi—dice Lola el día siguiente—, ¿cómo es el flamenco?

Papi se arregla el bigote.

—Eso deberías preguntárselo a tu mamá.

Antes solía bailar mucho.

—Es que no quiere decirme nada—contesta Lola.

—¿No? Era muy buena bailaora, ¿sabes?

Déjame que te enseñe una foto.

Papi saca una fotografía de su cartera.

—¿Esa es Mami?—Lola se queda boquiabierta—.

¡Se ve tan diferente!

En la foto, Mami lleva un vestido de lunares y volantes,

y tiene alzados los brazos.

—Papi, ¿y tú también sabes bailar flamenco?

—Un poquillo—dice Papi—. A veces tu madre y yo

bailábamos juntos.—Papi sonríe recordando.

—Quiero aprender—dice Lola.

—¿En serio?—Papi arquea una ceja—. Pero es difícil.

Necesitas duende.

—¿Eso qué es?

—Pues… es espíritu, energía.

—De eso tengo mucho—dice Lola. Alza los brazos y pone
la misma cara seria que pone Mami en la fotografía.
Papi se ríe.
—Por favor, Papito. Prometo practicar mucho.
—Bueno, está bien. Yo te enseño—dice Papi.
—Pero no le digas nada a Mami ni a Clementina, ¿vale?
—Será nuestro secreto—le promete Papi.

Esa tarde, cuando Mami y Clementina van de compras,

Lola recibe su primera lección.

—Lo más importante en el flamenco es el ritmo—dice Papi—.

Antes de bailar, tienes que saber batir palmas. Escucha:

¡1-2-3   4-5-6   7-8   9-10   11-12!

—¿De acuerdo?—pregunta Papi.

—De acuerdo—contesta Lola.

—Entonces, a dar palmadas los dos juntos—dice Papi.

¡1-2-3   4-5-6   7-8   9-10   11-12!

—No está mal—dice Papi y sonríe—. Ahora a practicar hasta

sabértelo al derecho y al revés.

—¿Y cuándo voy a bailar?—pregunta Lola.

—Pronto—contesta Papi—, pero hoy ya es tarde.

Es hora de acostarte.

A Lola le cuesta dormirse.

¡1-2-3 4-5-6 7-8 9-10 11-12!

Las gotas de lluvia en la ventana cantan:

¡1-2-3 4-5-6 7-8 9-10 11-12!

El reloj en la pared dice:

¡1-2-3 4-5-6 7-8 9-10 11-12!

Los autos en la calle pitan:

¡1-2-3 4-5-6 7-8 9-10 11-12!

Entonces Clementina dice: —Despierta,
Lola dormilona. ¡Ya está listo el desayuno!

—¡Ya me lo sé! ¡Ya me lo sé de memoria!
—grita Lola y corre a decírselo a Papi.
—¿Qué es lo que sabes? —pregunta Clementina,
pero Lola ya había salido del cuarto.

Cuando Mami y Clementina
se van de visita a casa de la tía
Clara unos días después, Lola
recibe su segunda lección.

—Hoy aprenderás a taconear
—dice Papi—. Observa.

Papi baila. Hace mucho
ruido con los pies.
¡Toca toca TICA!
¡Toca toca TICA!
Lola baila.
¡Toca toca PUM!
¡Toca toca PUM!
Toca toca…
¡CATAPUMBA!

Lola se cae al suelo.
—¡Aaaaaay! ¡Aaaaaay!
Lola empieza a llorar.
—Lola—le dice Papi—,
las bailaoras no lloran.

Lola deja de llorar.

No, las bailaoras no lloran.

Lola se levanta.

Los vecinos de abajo tocan

en el techo con una escoba:

¡PAM PAM PAM!

—¡Silencio! —gritan—.

¡Silencio ahí arriba!

—¡Ay! —dice Papi—.

Necesitamos otro lugar

para ensayar.

—Podemos ensayar en

la azotea —sugiere Lola—.

Donde tendemos la ropa

para secar.

—Buena idea—

dice Papi—. Mañana

subimos a la azotea.

Allí nadie nos molestará.

Mientras tanto, no dejes

de practicar.

Lola practica.

Se lava los dientes:
¡Toca toca TICA!

Se peina el cabello:
¡Toca toca TICA!

Hace la cama:
¡Toca toca TICA!

De camino al mercado con
Mami, le bailan los pies:
¡Toca toca TICA!
¡Toca toca TICA!

Mami la mira de reojo,
pero no dice nada.

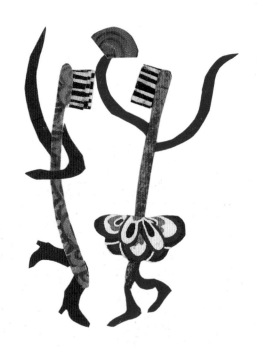

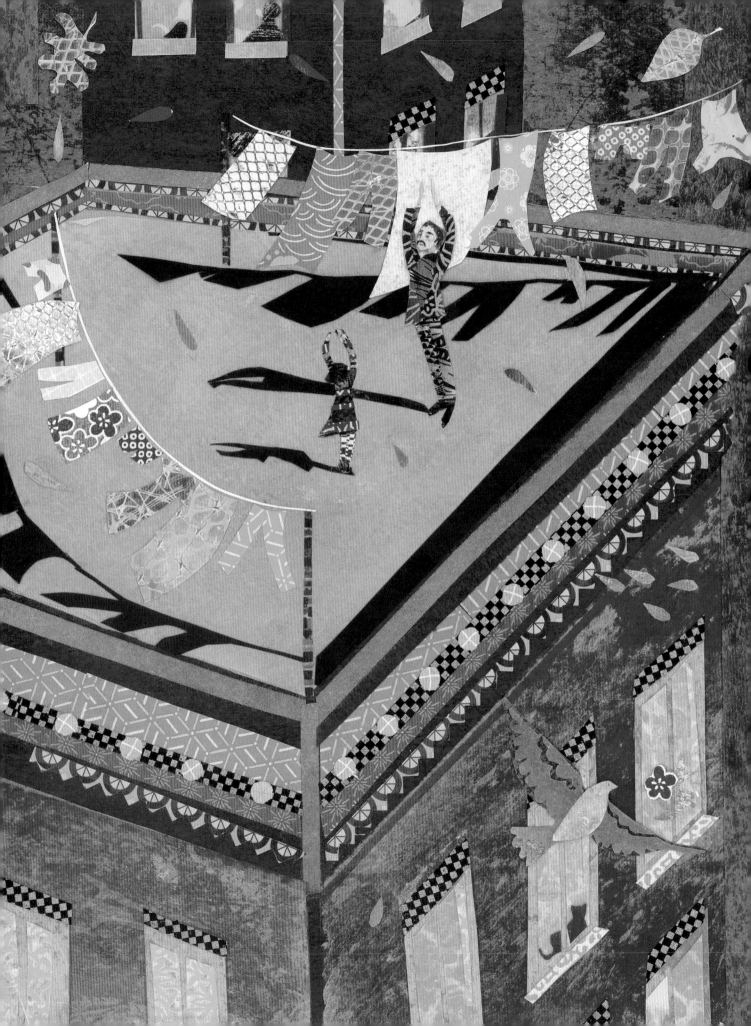

—¡Qué linda tarde hace! —dice Papi al día siguiente—.
Lola y yo vamos a dar un paseo.

Pero no van de paseo. Suben a la azotea. Hay mucho espacio para
bailar entre el tendedero. Las palomas son el único público.

—Hoy aprenderás a mover los brazos y las manos —le dice Papi—.
Observa: alza los brazos, bien arqueados, con gracia,
y gira las muñecas.
—¿Así? —pregunta Lola, y mueve los brazos como
molinos de viento.
—Solamente las muñecas —dice Papi—.
Tus manos deben bailar como alas de paloma.
Lola observa las palomas. Lola observa a Papi. Y Lola baila.

Chasquea los dedos: *¡CHAS! ¡CHAS!*
La primavera sopla una brisa de pétalos de flor.
Golpea con los pies: *¡TAN! ¡TAN!*
Las nubes de verano son copos de algodón en el cielo azul.
Mueve la falda: *¡FRU!*
El otoño salpica la azotea con gotas de lluvia y hojas secas.
Lola taconea: *¡Toca toca TICA!*
Pronto hará demasiado frío para bailar en la azotea.

Un día, Papi le dice a Lola: —Ya se acerca el cumpleaños de Mami.

Vamos a organizarle una fiesta sorpresa.

—¿Puedo bailar? —pregunta Lola.

—¡Claro! —dice Papi—. Espero que bailes.

De repente, Lola se preocupa.

—Pero no tengo vestido de flamenco.

—El que llevas puesto está bien —dice Papi.

—No tiene lunares —protesta Lola.

—No necesitas lunares para bailar flamenco —dice Papi.

Lola no está convencida.

Papi, Lola y Clementina preparan la fiesta sorpresa para Mami.

Papi invita a todos sus amigos y llenan el pequeño apartamento

de risas, comida y guitarras. Hay tanta gente que ya

no queda espacio para esconderse.

Cuando llega Mami, todos gritan: —¡Sorpresa!

Todos quieren abrazarla.

—¡Ay! —dice Mami—. ¡Ay! —Pero lo dice sonriendo.

—Ven aquí, Lola—dice Papi—.

Es hora de mostrarle tu sorpresa a Mami.

—¡¡NO!!—grita Lola, y se va corriendo a su cuarto.

Papi la sigue.

—¿Qué te pasa, Lolita?—pregunta.

—No puedo bailar delante de toda esa gente—dice Lola,

y una lágrima le rueda por la mejilla.

—Es que no puedo. Además, no tengo el vestido.

—Pero tienes duende, Lola. Me lo aseguraste hace meses,
¿te acuerdas? Tener duende también significa ser valiente.

Lola se seca las lágrimas.

Entonces Papi le entrega una caja con un gran
lazo rojo y le dice:

—Tal vez esto también te ayude.

—¿Para mí?—pregunta Lola—.

Pero si es el cumpleaños de Mami.

Papi sonríe:—Ábrelo.

Lola abre la caja y saca un maravilloso vestido de volantes.

—¡Es de lunares!—grita. Le da un tremendo escalofrío.

—Gracias, Papi—le dice en voz bajita,

y le da un abrazo muy fuerte.

—Espera, le dice Papi,—. Hay otra cosa en la caja.

Lola vuelve a mirar. En el fondo de la caja,

envueltos en papel seda, encuentra un par de zapatos.

Los tacones llevan clavitos de plata.

—¡Oh! es todo lo que puede decir Lola.

Lola se pone el vestido nuevo. Le queda perfectamente.

Se pone los zapatos. Los tacones hacen *toc toc toc*

en el piso de madera.

—Soy bailaora de flamenco—le dice Lola al espejo.

Luego entra en la sala, donde todos la esperan.

—¡Ole! —grita la tía Clara.

   El tío Carlos rasguea unos acordes en la guitarra.

   Papi empieza a batir palmas.

¡1-2-3   4-5-6   7-8   9-10   11-12!

   Pronto todo el mundo bate palmas.

¡1-2-3   4-5-6   7-8   9-10   11-12!

Papi sube a Lola encima de la mesa de la cocina.

   —¡Que baile! ¡Que baile! —gritan todos.

Y Lola chasquea los dedos: *¡CHAS! ¡CHAS!*

Golpea con los pies: *¡TAN! ¡TAN!*

Mueve la falda: *¡FRU! ¡FRU!*

Y el abanico: *¡ZUM!*

Luego Lola taconea: *¡Toca toca TICA!*

Y la mesa se menea: *¡Toca toca TICA!*

Los platos tintinean: *¡Toca toca TICA!*

Las ventanas traquetean: *¡Toca toca TICA!*

Las paredes t-t-tiemblan: *¡Toca toca TICA!*

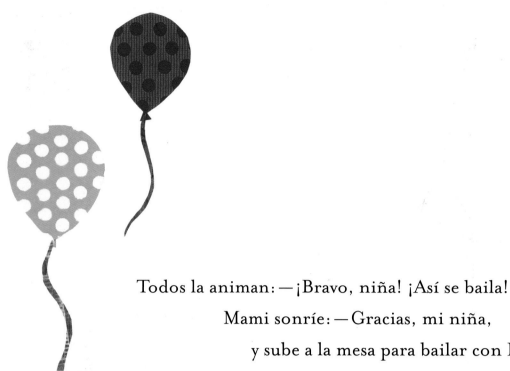

Todos la animan: —¡Bravo, niña! ¡Así se baila!

Mami sonríe: —Gracias, mi niña,

y sube a la mesa para bailar con Lola.

¡Toca toca TICA!

¡Toca toca TICA!

¡Toca TICA!

¡Toca TICA!

¡Toca TICA!

¡PAM! ¡PAM! El vecino de abajo golpea en el techo.

La tía Clara baja para invitarlo a la fiesta.

—¡Ole! —grita Lola—. ¡Ole! ¡Ole!

EL FANDANGO

El flamenco es un baile tradicional español que se reconoce
por sus coloridos vestidos, poderosos movimientos y gran
cantidad de palmeado y zapateado rítmicos. Es un baile
energético y excitante. En este libro, Lola aprende a bailar
un ritmo de flamenco de doce tiempos con énfasis en los
tercero, sexto, octavo, décimo y doceavo. El fandango es uno
de muchos de los ritmos del flamenco y, también, es el nombre
tradicional que se le da a una reunión informal, o fiesta,
donde se puede bailar y cantar.